Analyse de l'œuvre

Par Lisa Chiquelin-Brafman

Lettre à Ménécée

Épicure

LePetitLittéraire.fr

Analyse de l'œuvre

Par Lisa Chiquelin-Brafman

Lettre à Ménécée

Épicure

Rendez-vous sur lepetitlitteraire.fr et découvrez :

Plus de 1200 analyses
Claires et synthétiques
Téléchargeables en 30 secondes
À imprimer chez soi

Édition de référence 34

Étude de référence 34

Sources complémentaires 34

LETTRE À MÉNÉCÉE

LETTRE PHILOSOPHIQUE

- **Genre** : lettre
- **Édition de référence** : « Lettre à Ménécée », in *Lettres et Maximes*, texte établi et traduit avec une introduction et des notes par Marcel Conche, Paris, PUF, collection « Épiméthée », 1990.
- **Thématiques** : épicurisme, sagesse, éthique, bonheur, plaisir, souffrance, mort, paix de l'âme.

La lettre à Ménécée est une lettre écrite par Épicure à l'un de ses disciples, Ménécée. C'est l'un des rares textes d'Épicure qui nous est parvenu grâce au travail de compilation de Diogène Laërce : les lettres, maximes et préceptes d'Épicure sont consignés dans son ouvrage *Vie, doctrines et sentences des philosophes illustres*, dont le livre X est consacré à Épicure. *La lettre à Ménécée* est donc un court texte, initialement destiné à un usage privé, mais dont l'importance philosophique est majeure : il s'agit de la seule source définissant la doctrine éthique d'Épicure, l'éthique étant en philosophie la discipline ayant pour but d'atteindre le bonheur notamment grâce à la pratique de la vertu. Ce texte est donc un condensé de la doctrine d'Épicure sur le bonheur, c'est-à-dire sur cet état de bie-nêtre invariable et indéfini qu'il représente, ainsi que sur les conditions pratiques pour l'atteindre : la pratique de la philosophie et l'application du *tétrapharmakos*, ce « qua-druple remède » de l'âme en vue du bonheur éternel.

ÉPICURE

- **Né en 341 avant J.-C. à Samos et mort en 270 avant J.-C.**
- **Quelques-unes de ses œuvres :**
  - « Lettre à Hérodote », in *Lettres et Maximes*, texte établi et traduit avec une introduction et de notes par Marcel Conche, Paris, PUF, collection « Épiméthée », 1990.
  - « Lettre à Phytoclès », in *Lettres et Maximes*, texte établi et traduit avec une introduction et de notes par Marcel Conche, Paris, PUF, collection « Épiméthée », 1990.
  - *Maximes capitales*, in *Vie, doctrines et sentences des philosophes illustres*, Diogène Laërce, X.
  - *Préceptes*, in *Vie, doctrines et sentences des philosophes illustres*, Diogène Laërce, X.

Épicure est né à Samos d'un père grammairien et d'une mère magicienne. Il est élevé dans sa ville natale avant d'effectuer son service militaire à Athènes lorsqu'il a dix-huit ans. Il part ensuite rejoindre son père établi à Colophon, une petite ville au nord de Samos. Son premier maitre est Nausiphane de Téos, un philosophe appartenant au courant sceptique et défendant les thèses de l'atomisme. Ce premier maitre aura une influence sur la doctrine d'Épicure et la conception atomiste qu'elle défend. Il quitte Colophon pour Mytilène, la capitale de l'ile de Lesbos, où il commence à enseigner, puis s'établit à Lampsaque en Troade, entre 310 et 306 avant J.-C. Il s'installe ensuite à Athènes où il ouvre une école de philosophie : les leçons ayant lieu dans un jardin dont Épicure a fait l'acquisition, l'école sera nommée « École du Jardin », nom qui perdure encore aujourd'hui pour qualifier l'épicurisme. Il meurt en 270 avant J.-C. et laisse derrière lui un courant de pensée majeur dans l'histoire de la philosophie. Ses influences philosophiques sont le platonisme et l'atomisme.

RÉSUMÉ

IL EST NÉCESSAIRE DE PRATIQUER LA PHILOSOPHIE À TOUT ÂGE – § 1

Épicure affirme la nécessité de philosopher, c'est-à-dire de rechercher la vérité et de tendre vers la sagesse tout au long de sa vie. Il n'y a pas d'âge limite à partir duquel la pratique de la philosophie serait contrindiquée. Cette pratique est liée au bonheur, nul ne doit cesser de philosopher s'il entend être heureux tout au long de sa vie. L'homme âgé, en philosophant, reste jeune par la gratitude envers le passé. Le jeune, en philosophant, est « en même temps un ancien » (p. 217) et ne craint plus l'avenir. La philosophie empêche donc bien des travers : l'amertume pour la vieillesse, l'angoisse pour la jeunesse. Elle permet un bonheur durable, bonheur dont il s'agit désormais de déterminer les voies d'accès.

LES PRINCIPES DE LA DOCTRINE ÉPICURIENNE : LE TETRAPHARMAKOS – § 2-6

Le bonheur est l'objectif de l'éthique épicurienne. Il est nécessaire de suivre quatre préceptes pour l'atteindre. Quels sont-ils ?

Il faut craindre les dieux – § 2

Épicure insiste sur la nécessité de respecter la nature des dieux et leur caractère éternel et immuable. En effet, par opposition aux êtres humains soumis au changement perpétuel et condamnés à mourir, le concept de divinité se caractérise par sa pérennité : les dieux vivent dans l'éternité et ne sont pas soumis aux aléas. Cette immuabilité confère aux dieux le bonheur, qui se définit en philosophie comme un bienêtre constant et sans variation. Le bonheur est un attribut des dieux de par leur éternité et leur perfection. Mais alors, comment les hommes mortels peuvent-ils y prétendre ? En raison de la similitude de nature entre les dieux et les hommes. Nous avons une « notion commune du dieu tracée en nous » (p. 217), connaissance innée de ce que sont les dieux et de leur perfection. À partir de cette notion innée de perfection, nous pouvons tenter de nous rapprocher du mode de vie divin et ainsi accéder au bonheur même si nous restons mortels. Cette connaissance innée est une « prénotion » et s'oppose aux « présomptions », c'est-à-dire aux préjugés. Épicure met en garde son disciple contre les fausses représentations et lui rappelle de ne pas faire erreur sur la nature des dieux, comme la foule, dont la connaissance commune est mêlée d'opinion. Les prénotions s'altèrent au contact des préjugés, il faut donc les maintenir à distance et ne pas attribuer des qualités corruptibles aux dieux, pour ne pas faire erreur sur leur nature et se retrouver en situation d'impiété.

La mort n'a pas d'importance – §§ 3-4

La mort « n'est rien par rapport à nous » (p. 219). Pour justifier cette thèse, Épicure avance l'argument suivant : le bien et le mal sont issus des sensations. Or, la mort est privation de sensation, donc la mort ne peut être ni un bien ni un mal. Épicure souligne l'absurdité de craindre la mort qui n'existe pas alors que nous sommes en vie et qui, lorsqu'elle survient, ne peut nous atteindre puisque nous ne sommes plus. Il y a donc une contradiction fondamentale à craindre la mort puisqu'il s'agit d'un phénomène que nous ne rencontrons jamais vraiment.

Épicure s'interroge : que craint la foule lorsqu'elle dit craindre la mort ? Il analyse ici le point de vue de la *doxa*, c'est-à-dire de l'opinion la plus élémentaire. Ce que l'on craint communément à travers la peur de mourir est la privation des plaisirs de la vie. La mort est vécue comme un sentiment de perte définitive. Pour le sage, la vie ne doit pas être la plus longue possible afin d'accumuler le plus de plaisirs. Seule compte la qualité des moments de vie, selon Épicure.

Enfin, il est absurde de craindre la mort, car elle est inévitable. Elle fait partie des objets sur lesquels nous n'avons pas de prise, autrement dit, des objets qui ne dépendent pas de nous. Épicure distingue ces objets de ceux qui dépendent de nous et sur lesquels nous avons un pouvoir, comme nos choix, nos actes par opposition à ce qui est hors de notre portée, comme les aléas de la vie, la maladie ou la mort dont le choix ne nous est pas laissé. Il est inutile de craindre ce que nous ne pouvons contrôler dans notre existence : ce souci est vain et ne causera que notre souffrance.

Il faut privilégier les désirs naturels nécessaires, les seuls susceptibles de nous procurer le plaisir qui nous conduira au bonheur – § 5-6

Épicure établit une typologie des désirs. Trois catégories émergent : les désirs naturels nécessaires qui portent sur les besoins vitaux, les désirs naturels, mais non nécessaires (le désir sexuel ou le gout esthétique) et les désirs vains tels que les honneurs ou la richesse. Les désirs naturels nécessaires sont des désirs indispensables à la bonne santé du corps. Les désirs vains, au contraire, sont nuisibles au corps et à l'âme en ce qu'ils vont au-delà de ce qui est nécessaire naturellement et conduisent à la per-version de l'âme. Pour Épicure, nous devons faire porter notre choix « sur la santé du corps » (p. 221) et donc sur les désirs naturels nécessaires, les seuls capables de nous éviter des souffrances : lorsque nous mangeons, le plaisir que nous trouvons à nous restaurer annule la souffrance de la faim. Une fois ce plaisir atteint, « toute tempête de l'âme s'apaise » (p. 221) et le bonheur est possible.

De là, Épicure affirme que le plaisir dû à la satisfaction des besoins essentiels (se nourrir, se désaltérer, dormir) est la clé du bonheur. En cela, le plaisir est le premier bien, c'est-à-dire le bien suivant lequel nous accomplissons toute chose et qui motive toutes nos actions. Cela signifie-t-il qu'il faille toujours éviter la souffrance ? De même que tout plaisir ne doit pas être choisi, toute douleur ne doit

pas être évitée, sachant que parfois la douleur mène para-
doxalement à un plaisir. Il s'agit ici du quatrième précepte
du *tetrapharmakos* : la douleur est tolérable.

L'INDÉPENDANCE À L'ÉGARD DES CHOSES EXTÉRIEURES EST UN GRAND BIEN ET LE PLAISIR NE DOIT PAS ÊTRE CHERCHÉ POUR LUI-MÊME – § 7-8

Parmi les biens, l'un des plus grands est l'indépendance
à l'égard des biens extérieurs. Par opposition, la dépendance est un mal très grand qui nous laisse toujours
malheureux. L'indépendance nous empêche de souffrir de
la perte des biens matériaux et sociaux comme la richesse
ou l'honneur. Notre bonheur ne doit pas dépendre de leur
possession, ni notre malheur de ce que nous en sommes
dépossédés. Les biens simples sont ceux qui procurent le
plus de plaisir et sont les plus utiles à la vie. La recherche
des plaisirs simples nous place dans de bonnes disposi-
tions vis-à-vis de l'existence quotidienne et se concentrer
sur les biens nécessaires nous empêche de souffrir en cas
de perte de biens non nécessaires.

Le plaisir dont il est question n'est pas « jouissance,
comme le croient certains qui ignorent la doctrine »
(p. 223), c'est-à-dire un plaisir excessif, mais une réponse
ponctuelle et naturelle. Il ne doit pas être cherché pour
lui-même, mais en vue de calmer les souffrances du corps
et le trouble de l'âme. Le bonheur ne dépend pas en définitive du plaisir pour lui-même, mais de la raison et des
choix justes concernant la modération des plaisirs.

LA PRUDENCE : LE JUSTE MILIEU ENTRE PLAISIR ET VERTU, LA CLÉ DU BONHEUR ET LE MODE DE VIE DU SAGE ÉPICURIEN – § 9-10

Comment se modérer dans la recherche des plaisirs et ne privilégier que le plaisir naturel ? Grâce à la prudence. La prudence épicurienne est une vertu permettant de déterminer la juste quantité de plaisir que nous devons ressentir.

Le sage épicurien vit donc selon ces quatre principes qui constituent le *tétrapharmakos* et qu'Épicure résume à la fin de la lettre :

- il faut faire preuve de piété, c'est-à-dire craindre les dieux ;
- la mort n'est pas à craindre ;
- le bonheur est atteignable facilement : il faut se contenter des biens naturels nécessaires ;
- les maux sont brefs dans le temps et faibles en intensité, il faut savoir les supporter.

L'autosuffisance implique néanmoins un surcroit de responsabilités : nous sommes responsable de ce qui dépend de nous et ne pouvons blâmer autrui ou le sort. Notre volonté est maitresse. Rappelons néanmoins qu'Épicure a fait une distinction entre ce qui dépend de nous et ce qui ne dépend pas de nous : nous ne sommes pas en mesure de maitriser toutes choses, mais nous sommes pleinement maitres de ce qui dépend de nous, c'est-à-dire de nos choix, de nos émotions, de notre attitude. Aussi, il ne faut pas craindre le hasard et le considérer comme un dieu. Le hasard est une cause trop inconstante pour en être vraiment une, or les dieux sont par définition des êtres se rattachant à l'ordre. C'est une cause inefficace, c'est-à-dire une cause inefficiente, sans effet.

Le sage épicurien vit selon les préceptes de sa raison, parvenant ainsi à être maitre de lui-même : mieux vaut être sage et malchanceux que l'inverse. Son bonheur dépend de lui, il le construit au moyen de sa raison. Il faut méditer ces principes, pour vivre « comme un dieu parmi les hommes » (p. 227).

ÉCLAIRAGES

CONTEXTE HISTORIQUE : OÙ ET COMMENT NAIT L'ÉPICURISME ?

On appelle épicurisme la doctrine du philosophe grec Épicure. Ce courant philosophique est né à Athènes en 306 avant J.-C., c'est-à-dire durant la période dite hellénistique. Cette ère se caractérise par le déclin progressif d'Athènes. La ville, jadis indépendante sur le plan politique et militaire perd de son pouvoir suite aux conflits l'opposant à Sparte, conflit que l'on a appelé la guerre du Péloponnèse. Ce conflit s'étend de 431 à 404 avant J.-C. À l'issue de ces soixante-dix ans de guerre, Sparte remporte la victoire sur Athènes qui perd son hégémonie sur le monde grec au profit de l'empire spartiate. Bien que la ville demeure riche et rayonnante, ces années de guerre l'ont affaiblie et Athènes perd peu à peu son autonomie politique.

La naissance d'Épicure en 341 av. J.-C. coïncide avec la victoire de Philippe II, roi de Macédoine, sur les cités grecques. Épicure grandit donc dans un monde troublé par les guerres et l'instabilité politique. Alors que le royaume septentrional de Macédoine gagne en puissance, Athènes accepte un compromis de paix alors qu'Alexandre le Grand arrive à la tête de l'empire macédonique. Après quinze années de tension politique, la guerre est déclarée à la mort de l'Empereur. Athènes est finalement vaincue. Cette défaite correspond à un affaiblissement supplémentaire de la ville : le corps électoral est divisé par deux, réduisant le nombre de citoyens participant à la vie démocratique. Cet évènement menace la ville d'un retour à des régimes plus autoritaires, tels que les régimes oligarchiques ou monarchiques. D'ailleurs, un régime oligarchique est instauré en 317 avant J.-C. et le philosophe Démétrios de Phalère, qui fut notamment l'élève d'Aristote, accède au pouvoir. Il est renversé dix ans plus tard par Démétrios Ier Poliorcète de la dynastie des Antigonides et la démocratie est rétablie à Athènes. Mais ce répit est de courte durée. Grâce à Démétrios Ier Poliorcète et à sa présence aux plus hautes fonctions de l'État, les Antigonides ont la main mise sur le pouvoir et instaurent une monarchie. Après une période de guerre civile suite à la défaite de Démétrios lors de la bataille d'Ipsos, celui-ci revient au pouvoir en 294 avant J.-C., mettant un terme à toute possibilité d'une restauration de la démocratie.

La doctrine épicurienne nait donc dans un climat politique fortement agité. Dans un monde marqué par les guerres constantes ainsi que les dissensions sociales et politiques, l'épicurisme est un idéal d'ordre et de bonheur. En effet, sa doctrine physique prône l'ordre du monde dont la nature est composée d'atomes. Son éthique propose un ensemble de règles dont le respect assure une vie simple et auréolée de bonheur. Dans le monde grec, les courants philosophiques se structurent autour d'un Maitre à la tête d'une école de philosophie, un espace de réflexion que l'on peut envisager comme étant la matérialisation du courant. Le platonisme se développe à l'Académie, l'école de philosophie fondée par Platon. La philosophie stoïcienne fondée par Zénon de Cition tire son nom du terme grec « *stoa* » qui signifie « portique ». En effet, les premiers stoïciens, soit Zénon et ses disciples, se réunissaient sous les portiques d'Athènes. De la même manière que le stoïcisme est parfois appelé « philosophie du Portique », l'épicurisme est aussi désigné « philosophie du Jardin », en référence au lieu d'étude des épicuriens : un jardin appartenant à Épicure. Ce lieu d'étude et le choix d'un jardin en disent beaucoup sur le courant en lui-même. L'école épicurienne a pour vocation de développer une pensée au plus proche de la nature, ce qui n'est pas sans rappeler la nécessité pour les épicuriens de se rapprocher de notre nature humaine en évitant les plaisirs superflus et en se concentrant sur les biens naturels nécessaires. Les épicuriens recherchent le repos de l'âme, l'ordre et la tranquillité d'esprit. L'un des principaux axes de la philosophie épicurienne est la recherche du bonheur, c'est-à-dire le bienêtre pratique, qui se caractérise par la pérennité et qui se rapproche donc de la perfection.

Ainsi, la philosophie épicurienne nait en réponse à un contexte politique et social marqué par la violence et le conflit, contexte certainement angoissant pour les citoyens d'Athènes et face auquel on peut légitimement se sentir impuissant. Elle propose en réaction une doctrine du bonheur atteignable facilement et en son for intérieur, indépendamment des luttes extérieures ; une éthique de vie douce où il suffit de respecter les dieux, de se défaire des plaisirs superflus et où la mort elle-même n'est pas à craindre. Structurée sous forme de préceptes et de maximes, elle adopte les qualités formelles d'un discours pratique, à destination d'un usage quotidien et appliqué. Épicure le précise d'ailleurs à la fin de la lettre :

il suffit de mettre en œuvre dans sa vie courante les principes épicuriens pour atteindre le bonheur et vivre comme un dieu.

CLÉS DE LECTURE

DE QUEL PLAISIR DÉPEND LE BONHEUR CHEZ LES ÉPICURIENS ?

Il existe un contresens courant concernant la doctrine épicurienne. Souvent, pour désigner quelqu'un qui aime les plaisirs de la vie, comme la bonne chère et la boisson, on le qualifie d'épicurien. On veut dire par là que c'est un bon vivant et qu'il aime profiter de la vie. La simple lecture de la *Lettre à Ménécée* nous permet de comprendre en quoi cela constitue un contresens majeur et qui ne rend pas compte des thèses d'Épicure. En effet, la doctrine épicurienne bannit la recherche de plaisir excessif, et ne prône en rien la recherche du plaisir pour lui-même. Au contraire, elle insiste sur la nécessité de fuir les plaisirs vains (le luxe, les honneurs), d'une part, et les plaisirs naturels, mais non nécessaires au bienêtre du corps, c'est-à-dire à la survie (le jeu, le plaisir sexuel), d'autre part. Le plaisir correspond à l'arrêt d'une souffrance physique dans la satisfaction des besoins vitaux et s'arrête là, il ne doit pas aller au-delà au risque d'être considéré comme excessif et contraire à la poursuite du bonheur. Pour atteindre ce bonheur, il suffit d'appliquer les règles du *tétrapharmakos*, ce quadruple remède cher à Épicure : la piété à l'égard des dieux, la mort n'est rien pour nous, la souffrance est relative et le plaisir permet d'atteindre le bonheur. Revenons plus précisément sur ce dernier principe qui fut l'objet de contresens à travers les siècles.

Le plaisir, pour Épicure, n'est pas la jouissance excessive, mais la simple réponse à une souffrance ponctuelle, réponse limitée d'un point de vue qualitatif et quantitatif, mais aussi limitée dans le temps. La faim se résout par l'absorption de la nourriture la plus élémentaire tel que le pain, de même que la soif se résout par l'absorption d'eau. Pour un épicurien, rien ne sert de manger ni de boire si ce n'est pas uniquement pour se sustenter. Au contraire, la consommation excessive de mets raffinés empêche de mener une vie quotidienne douce et ordonnée. Lorsque nous souffrons de la faim, un simple morceau de pain peut nous combler et nous permet de continuer notre activité quotidienne. Au contraire, un mets sophistiqué ne nous rassasie pas plus ou mieux que le pain et sa recherche nous empêche de nous consacrer à d'autres activités. Une fois apaisées les souffrances de la faim et de la soif, on cesse de consommer des objets de plaisir jusqu'au prochain moment où l'on ressentira de nouveau de la souffrance. D'autre part, la doctrine épicurienne n'est pas une philosophie du plaisir pur ou tel qu'on l'entend communément, en ce qu'elle n'enjoint pas à éviter toute souffrance. En effet, le quatrième précepte du tétrapharmakos insiste sur le fait que l'existence n'est pas faite seulement de plaisir et que la souffrance doit aussi être supportée. À travers ce dernier précepte, Épicure insiste sur la dualité essentielle de l'existence humaine composée du plaisir et de la peine, l'un et l'autre constituant les deux faces d'un même objet. En effet, on ressent du plaisir à l'arrêt d'une souffrance et la souffrance est parfois une voie vers le plaisir (si je ne ressens pas la souffrance de la soif, je ne ressens pas non plus le plaisir de boire).

Il ne faut donc pas confondre les plaisirs et penser qu'Épicure nous enjoint à vivre dans l'excès et la recherche du plaisir pour lui-même. Contrairement aux idées reçues, l'épicurisme est donc plutôt une doctrine austère, centrée sur la grande maitrise de soi et de ses pulsions, le but étant de ne pas troubler l'âme dans sa recherche du bonheur parfait par un excès quelconque.

LA NOTION D'ATARAXIE

Le plaisir chez Épicure est ce que l'on a appelé un « plaisir en repos », un plaisir qui apaise l'âme loin de toute agitation. Ce bonheur parfait, stable et immuable est caractéristique de divers courants philosophiques antiques tels que le stoïcisme et le scepticisme, et se nomme l'ataraxie. L'ataraxie peut se traduire par une absence de trouble : il s'agit d'un état stable de l'âme, dans lequel elle ne peut être troublée et donc soumise à la souffrance ou au chagrin. Le sage épicurien recherche cette immuabilité de l'âme, cette paix intérieure au sein de laquelle rien ne peut l'atteindre et où il est parfaitement maitre de lui-même. Mais alors, l'ataraxie nous condamne-t-elle à l'ascétisme et est-elle comparable à l'apathie ?

En effet, un tel portrait du sage épicurien pourrait nous faire penser que l'épicurisme nous enjoint à nous libérer de notre corps par la maitrise de nos instincts, de nos désirs et de nos pulsions, dans un idéal ascétique radical. Le sage épicurien se priverait de toutes choses, avec dureté, et ne vivrait une vie faite uniquement de souffrance avec pour seul objectif l'adoration et le respect des dieux. Les épicuriens ne sont pourtant pas des ascètes, ils ne se retirent pas du monde et de la vie quotidienne par souci de piété. En effet, contrairement à l'idéal de vie ascétique, les épicuriens fonctionnent avec un système d'école et ont donc à cœur un souci de transmission. Le sage épicurien rassemble autour de lui des disciples auxquels il enseigne sa philosophie, il ne se retire pas loin des occupations de la vie humaine.

L'ataraxie semble néanmoins mener à une sorte d'impassibilité. Conduit-elle pour autant à un état de passivité extrême ? Au cours de l'histoire de la philosophie, on a souvent taxé les épicuriens d'indolence et d'affadissement. On a volontiers comparé les épicuriens à des apathiques, des êtres sans passion, sans ressenti, des individus robotiques, dirions-nous aujourd'hui. Nous l'avons dit, la doctrine épicurienne est une doctrine austère. Néanmoins, pour Épicure, il s'agit moins d'éviter à tout prix le plaisir que de ne pas tomber dans la dépendance vis-à-vis de désirs inutiles et qui n'auront pour unique effet que de nous faire souffrir. L'ataraxie est donc moins une façon de se priver ou d'empêcher tout plaisir d'advenir en s'emmurant dans une impassibilité radicale, qu'un moyen de mise en œuvre de son propre bonheur. Si, lorsque l'on a soif, on boit du vin au lieu de boire de l'eau, on se crée artificiellement un désir naturel pour le vin, mais un désir non nécessaire et par suite une dépendance à l'alcool présent dans le vin. Rappelons-le, la doctrine épicurienne est une doctrine pratique de conduite de vie au quotidien, qui repose sur la prudence, c'est-à-dire sur une intelligence pratique. Pour Épicure, le sage doit développer cette intelligence pratique en procédant à un calcul des peines et des plaisirs : sur le moment, boire du vin peut s'avérer plus plaisant que boire de l'eau, mais à long terme, les souffrances engendrées par l'alcool sont supérieures en quantité et en force à ce plaisir éphémère.

<u>Qu'est-ce que la prudence dans le monde grec ?</u>

La meilleure source sur cette notion reste Aristote qui, au livre VI de l'*Éthique à Nicomaque*, développe le concept de prudence (*phronesis* en grec ancien). La prudence est une vertu intellectuelle permettant de délibérer sur la façon dont il convient d'agir, ce qu'il est bon ou non de faire. C'est la vertu de la partie calculatrice de l'âme, c'est-à-dire de la partie de l'esprit qui délibère sur le contingent, dans le champ de l'action pratique, par opposition à la partie scientifique de l'âme qui porte sur le nécessaire. Le prudent, lorsqu'un cas se présente à lui, est capable de le résoudre selon une règle droite lui permettant de définir la meilleure façon d'agir. Comme toute vertu, la prudence nous fait atteindre le bien pour nous, en nous faisant viser le juste milieu entre deux excès, le trop peu ou le trop plein. La prudence est la vertu permettant une juste balance, un bon ajustement de notre comportement face à une situation donnée dans l'expérience. On retrouve beaucoup de similitudes avec la pensée d'Épicure, chez qui la prudence est bel et bien une vertu permettant de délibérer sur les plaisirs et les souffrances et de les choisir en s'aidant de la règle droite que constitue le *tétrapharmakos*.

Les plaisirs et les douleurs sont donc des objets ambigus qu'il convient de sélectionner selon un examen comparatif. Si une souffrance courte peut nous amener à un plaisir plus grand, alors il convient de choisir cette souffrance pour accéder au plaisir. Par exemple : travailler durement peut conduire au plaisir de la réussite, ne pas manger entre les repas et accepter la faim peut nous permettre de profiter pleinement du plus simple mets. Au contraire, si un plaisir éphémère nous conduit à terme à une grande souffrance, il n'en vaut pas la peine et doit être évité. Dans l'exemple qui est le nôtre, il est donc plus sage et plus judicieux de se tourner vers l'eau : le plaisir sera suffisant, d'une part, et ne provoquera aucune souffrance sur le long terme, d'autre part. Cette comparaison des avantages et des désavantages est une véritable compétence et permet de ne pas confondre les biens et les maux. Dans cette recherche d'équilibre des peines et des plaisirs, l'ataraxie produit donc un sentiment de quiétude du corps et de l'âme, sentiment qui conduit au bonheur par opposition à l'apathie.

ÉPICURISME, STOÏCISME ET SCEPTICISME : QUELLES DIFFÉRENCES ?

Courants philosophiques proches, l'épicurisme, le stoïcisme et le scepticisme sont apparus à peu près au même moment, c'est-à-dire autour du troisième siècle avant J.-C. On les compare et les identifie souvent les uns aux autres, autour de la figure du sage antique, imperturbable dans la maitrise de soi et de ses émotions. Pourtant, ces courants sont distincts les uns des autres et présentent des spécificités propres.

Le stoïcisme est comparable à l'épicurisme en matière de recherche du bonheur. Fondé par Zénon de Cition, il s'étend sur près de six siècles jusqu'au deuxième siècle après J.-C. C'est donc une école de philosophie qui a longuement perduré et qui se caractérise par des courants internes très variés. Le stoïcisme tardif, représenté par Sénèque, Épictète et Marc-Aurèle, est aujourd'hui le plus emblématique. Il ne prône pas exactement l'ataraxie, c'est-à-dire l'absence de trouble, mais axe sa doctrine sur l'*apatheia*, c'est-à-dire l'absence de douleur. La figure du sage stoïcien se construit largement autour de cette notion d'apathie, d'impassibilité face à la douleur, par opposition au sage épicurien qui entend calculer les peines et les souffrances en vue du bonheur parfait. Les stoïciens ont une vision du bonheur plus radicale que les épicuriens : le bonheur est associé à la vertu et non à ce calcul sur les plaisirs en vue de l'équilibre et du repos de l'âme. La doctrine stoïcienne propose donc une vision très absolue du bonheur dans la pratique de la vertu et du perfectionnement de soi, au point qu'il est, selon eux, presque impossible d'atteindre ce niveau de vertu. Le véritable sage stoïcien règne sur son propre royaume intérieur, rien ne peut l'atteindre ni le troubler. Néanmoins, les stoïciens ne s'enferment pas entièrement dans cet idéal inatteignable et proposent également des principes d'ordre pratique, applicables au quotidien. À l'instar des épicuriens, ils adoptent cette distinction entre « ce qui dépend de nous » et « ce qui ne dépend pas de nous », c'est-à-dire entre ce sur quoi nous pouvons agir comme nos choix, nos actes, nos états mentaux et ce sur quoi nous n'avons aucune maîtrise. Le hasard et la fortune, comme chez Épicure, ne sont pas des éléments sur lesquels nous pouvons avoir prise et il est inutile de souffrir de ce que nous sommes frappés par le destin.

Le scepticisme est l'un des principaux courants qui ont influencé Épicure. Son premier maitre Nausiphane appartenait à ce courant, mais par la suite Épicure semble s'être détaché des préceptes de cette école. Le scepticisme – de « sceptique », en grec « celui qui cherche » ou « qui examine » – est un courant théorisé autour du premier siècle avant J.-C et dont l'un des principaux représentants est Sextus Empiricus. Ce courant philosophique s'oppose au courant des dogmatiques qui prétendent avoir trouvé la vérité et du même coup affirment que la vérité est atteignable. Le scepticisme se conçoit principalement en opposition à la philosophie qui entend trouver la vérité : il s'agit de proposer une raison contraire à tout argument dans le but de détruire les fausses opinions et donc d'éviter l'erreur. Comme l'épicurisme, le scepticisme prône l'ataraxie et la paix de l'âme. Mais, par opposition aux épicuriens, les sceptiques insistent sur le fait que cette paix s'obtient précisément en faisant abstraction des dogmes et non pas directement dans la recherche de plaisirs modérés. Pour les sceptiques, l'ataraxie s'obtient dès lors que l'on suspend sa recherche sur ce que nous ne pourrons jamais atteindre, c'est-à-dire la vérité. Il faut éviter les souffrances liées à cette recherche vaine : elle ne sera que déception. Nous ne pouvons rien connaitre, ni dieu, ni la nature du monde, ni même notre propre nature. Il faut donc suspendre son jugement sur les choses, suspendre la certitude qui pourrait découler de ce jugement. Ainsi nous atteindrons la paix de l'âme.

Deux autres lettres d'Épicure sont parvenues jusqu'à nous : la *Lettre à Hérodote* et la *Lettre à Phytoclès*. La première porte sur la doctrine physique d'Épicure et sa conception de la nature. Elle reprend les préceptes atomistes de Démocrite ainsi que la doctrine moniste : le monde est constitué d'atomes perpétuellement en mouvement et l'être est un et indivisible (par opposition à une doctrine dualiste opposant le monde physique matériel et le monde spirituel immatériel). La *Lettre à Phytoclès* porte sur l'astronomie, les phénomènes célestes et leurs causes.

À quel âge doit-on pratiquer la philosophie ?

La question de l'âge de la pratique de la philosophie est déjà une question ancienne par rapport à Épicure. Au IVe siècle avant J.-C., Platon considérait que la philosophie était une tâche d'homme mûr et ne pouvait être pratiquée avec sérieux dans la jeunesse. Plusieurs autres penseurs avaient une opinion opposée et pensaient que la philosophie était une activité de seconde catégorie, devant être pratiquée dans la jeunesse et avec modération, avant de se consacrer avec l'âge à des occupations intellectuelles de plus grande envergure, comme la rhétorique, par exemple. C'est d'ailleurs un argument que les rhéteurs opposent souvent à Socrate dans les dialogues de Platon, comme Caliclès dans le *Gorgias*. Épicure comme on le voit au début de la *Lettre à Ménécée* rejette dos à dos ces deux acceptations.

DIOGENE LAËRCE : LA VOIX DE L'ÉPICURISME

Diogène Laërce est un poète et doxographe grec. Son ouvrage *Vie, doctrines et sentences des philosophes illustres* recense un grand nombre de textes et de philosophies qui, sans ce méticuleux travail de collection, ne seraient pas parvenus jusqu'à nous. Son ouvrage constitue d'ailleurs l'unique source des travaux d'Épicure. Il est courant de dire que nous ne savons que peu de choses de la vie de Diogène Laërce, ce qui contraste avec son entreprise de savoir philosophique quasi exhaustive. On ignore ses dates de naissance et de mort, mais l'on a su déduire l'époque à laquelle il a vécu en se fiant aux auteurs et philosophes qu'il a mentionnés ou non. On stipule qu'il aurait vécu durant la première moitié du IIIe siècle de notre ère. *Vie, doctrines et sentences des philosophes illustres* est composé de dix livres, chacun portant sur un courant philosophique. L'ouvrage passe en revue la philosophie présocratique et recense les principes et maximes des Sept Sages. Il revient sur l'enseignement de Socrate, de Platon et des membres de l'Académie (livres II, III et IV). Le livre V concerne les péripatéticiens et le livre VI les Cyniques. Diogène Laërce expose ensuite les courants stoïcien, pythagoricien et sceptique aux livres VII, VIII et IX. Enfin, le livre X est consacré à l'épicurisme. L'ouvrage est donc structuré selon les différentes écoles de philosophie antiques dans leur ordre chronologique d'apparition. Si Diogène Laërce a systématiquement rendu compte des doctrines propres à chaque courant, il a aussi donné des informations sur la vie des philosophes, conférant à son ouvrage une portée biographique et historique.

Le contenu de *Vies, doctrine et sentences des philosophes illustres* constitue une source fondamentale pour l'histoire de la philosophie ainsi qu'un héritage précieux. Il existe officiellement trois manuscrits de l'ouvrage, connus pour être les manuscrits les plus anciens que nous possédions : le manuscrit de Florence, le manuscrit de Paris et le manuscrit de Naples. Ces manuscrits constituent la source principale des écrits de Diogène Laërce et permettent d'en authentifier l'origine. Il est néanmoins intéressant de constater que le contenu de l'œuvre et la façon dont sont exposées les doctrines sont parfois sujets à caution. En effet, plusieurs spécialistes ont repéré des incohérences dans la restitution de Diogène Laërce, mais aussi des divergences entre les propos de Diogène Laërce et les œuvres de certains philosophes que nous avons pu récupérer sans son entremise (c'est par exemple le cas de Platon dont Diogène Laërce ne restitue qu'approximativement la doctrine). Le travail de compilation a donc ses limites et il est possible que Diogène Laërce lui-même n'ait pas eu directement accès aux œuvres qu'il recense, ce qui a certainement dû limiter sa précision. Les spécialistes s'accordent en outre pour dire que l'ouvrage n'est pas, dans son entièreté, le fait du seul Diogène Laërce. Certains passages semblent être des ajouts tardifs, de la part d'autres auteurs dont nous ignorons tout. Tous ces éléments confèrent donc à l'ouvrage une nature très composite, un outil d'étude par opposition à un traité pouvant se lire de manière linéaire.

Si Diogène Laërce est la source unique de l'épicurisme, il est néanmoins possible d'aborder ce courant à travers une autre source : les écrits sceptiques. Les écrits du philosophe sceptique Sextus Empiricus, regroupés sous les noms de somme *Contre les professeurs* et *Contre les dogmatiques*, nous proposent un éclairage précieux sur la pensée épicurienne. Ce recueil de textes entre en dialogue avec la pensée d'Épicure, voire en opposition sur certains points de doctrine. Cela permet un autre regard sur la pensée épicurienne, mais aussi de comprendre comment était perçue cette pensée dans les siècles qui ont suivi l'avènement du courant (Sextus Empiricus étant un philosophe du IIe siècle après J.-C.). Ils ne constituent donc pas une source historique comme *Vies, doctrine et sentences des philosophes illustres*, mais une source philosophique nous permettant de mettre en regard des philosophies que l'on considère trop souvent comme similaires.

L'héritage épicurien, des écrits et de la pensée d'Épicure, repose donc sur un travail de compilation et de transmission à travers les siècles. L'étude des manuscrits de Diogène Laërce – des certitudes qu'ils nous apportent, mais aussi des doutes qu'ils sèment –, mais aussi des philosophes ayant mentionné la philosophie épicurienne, nous permet de reconstruire un système de pensée inédit dans l'histoire de la philosophie.

PISTES DE RÉFLEXION

QUELQUES QUESTIONS POUR APPROFONDIR SA RÉFLEXION...

- Le monde antique qualifie souvent ses dieux de « Bienheureux », on trouve d'ailleurs très souvent ce terme chez Homère dans l'*Iliade* et l'*Odyssée*. Expliquez pourquoi en vous appuyant sur les éléments de définition du dieu que donne Épicure.

- Pouvez-vous définir le plaisir selon Épicure ? En quoi le concept de plaisir chez Épicure se distingue-t-il de notre acceptation courante ?

- Sur quel argument s'appuie Épicure pour justifier que la mort n'est rien pour nous ? En quoi cela est-il discutable ?

- La prudence est une notion grecque fondamentale en philosophie notamment chez Aristote. En vous appuyant sur l'encart à propos de la prudence et sur vos recherches personnelles, comparez l'acception aristotélicienne de la prudence avec celle d'Épicure.

- La philosophie épicurienne comporte un champ consacré à l'étude de la physique. En vous appuyant sur la lecture de la lettre à Hérodote, expliquez les cohérences entre la doctrine physique et la doctrine éthique de l'épicurisme ?

- En quoi l'ataraxie est-elle une clé du bonheur chez Épicure ?

- Pourquoi Épicure insiste-t-il sur l'importance de l'indépendance en y consacrant un paragraphe entier de sa lettre à Ménécée ? En quoi cette notion est-elle centrale dans la recherche du bonheur ?

- Comment définiriez-vous l'importance du travail de Diogène Laërce ? Connaissez-vous d'autres exemples de travail doxographique ayant permis la transmission d'œuvres au cours des siècles ?

POUR ALLER PLUS LOIN

ÉDITION DE RÉFÉRENCE

- ÉPICURE, « Lettre à Ménécée », in *Lettres et Maximes*, texte établi et traduit avec une introduction et des notes par Marcel Conche, Paris, PUF, collection « Épiméthée », 1990.

ÉTUDE DE RÉFÉRENCE

- CONCHE M., « Introduction », in *Lettres et Maximes*, texte établi et traduit avec une introduction et des notes par Marcel Conche, Paris, PUF, collection « Épiméthée », 1990, pp. 11-93.

- SALEM J., *Tel un dieu parmi les hommes : L'Éthique d'Épicure*, Vrin, 2002.

SOURCES COMPLÉMENTAIRES

- ARISTOTE, *Éthique à Nicomaque*, traduction, présentation, notes et bibliographie par Richard Bodéüs, Paris, Flammarion, collection « GF-Flammarion », 2004.

- DIOGÈNE LAËRCE, *Vie, doctrines et sentences des philosophes illustres*, vol. 2, Livre X, Paris, Flammarion, collection « GF-Flammarion », 1993.

- PLATON, *Gorgias*, traduction inédite, introduction et notes par Monique Canto, Paris, Flammarion, collection « GF-Flammarion », 2007.

Votre avis nous intéresse !
Laissez un commentaire sur le site de votre librairie en ligne
et partagez vos coups de cœur sur les réseaux sociaux !

lePetitLittéraire.fr

- un résumé complet de l'intrigue ;
- une étude des personnages principaux ;
- une analyse des thématiques principales ;
- une dizaine de pistes de réflexion.

**Retrouvez
notre offre complète sur
lePetitLittéraire.fr**

L'éditeur veille à la fiabilité des informations publiées,
 lesquelles ne pourraient toutefois engager sa responsabilité.

www.lepetitlitteraire.fr

ISBN version numérique : 9782808024174
ISBN version papier : 9782808024181
Dépôt légal : D/2021/12603/48

Conception numérique : Primento,
le partenaire numérique des éditeurs.